나의 머랭 선생님

박정임 한정판

시인의일요일시집 **002**

나의 머랭 선생님

1판 1쇄 찍음 2021년 12월 02일
1판 1쇄 펴냄 2021년 12월 10일

지 은 이 김   룡
펴 낸 이 김경희
펴 낸 곳 시인의일요일

표지디자인 이호진
본문디자인 미래산책
경 영 지 원 양정열

출판등록 제2021-000085호
주   소 경기도 용인시 기흥구 연원로42번길 2
전   화 031-890-2004
팩   스 031-890-2005
전자우편 sundaypoet@naver.com
블 로 그 https://blog.naver.com/sundaypoet

ISBN 979-11-975090-2-5 (03810)

값 10,000원

* 이 책은 경남문화예술진흥원의 문화예술지원을 보조받아 발간되었습니다.

나의 머랭 선생님

김륭 시집

식물 합시다.

죽어서도 뛸 수 있는 문장 위로
박정임 여사를 옮기고 있다.

요양병원 화단에 앉아 있던 맨드라미가
엄마, 하고 불렀다.

다시는 돌아오지 않을 것이다.
떠난 적이 없기 때문이다.

| 차 례 |

1부   비행기가 자꾸 같이 살자고 하는데

2부 당신 이야기잖아요 모르시겠어요?

3부   여기까지가 외로움인가, 싶어서 하는 이야기입니다

1부

비행기가 자꾸 같이 살자고 하는데

비단잉어

비단잉어에게 비단을 빌려
당신에게 간다 바람이 불고 있다 그러나
바람은 글을 쓸 수 없어서 못다 한
인생에 피와 살을 더할 수 없고
당신은 누워 있다 요양병원 침상에 누워만 있다
떠날 수 있게 하려면 물에 젖지 않는
종이가 필요하다 나는 지금
죽어서도 뛰게 할 당신의 심장을
고민하고 있고, 당신은 아주 잠깐 동안이지만
반짝인다 비단잉어에게 빌린
비단을 들고 서 있는 나를 쳐다보고 있다
허공에 고양이 수염을 붙여 주러 온
미친 비행기인 양,
내가 낳았지만 더 이상은
어쩔 수 없다는 듯

걱정 마, 엄마는
지금 엄마 배 속에
있으니까

콧노래

벌레가 벌레에게 : 우리 또 떠나야 해?

남들이 집을 보러 다닐 때 나는
두 손으로 무릎을 감싸 안고 조용히 집을 불렀다.
신문지를 깔고 앉아 톡톡 발톱 깎는 장면을 보여 주었는데
벌레다, 하고 집 안에서 수군대는 소리를
들은 것도 같다. 집을 강에 던져 버리고 싶었지만 애써
참았다. 집이 스스로 몸을 던질 때까지
기다리는 것이 벌레로서 가질 수 있는 최소한의 예의라고
생각했다. 나는 게으르고, 가난했고, 정신이
여치와 노래를 부를 만큼 야위었는데 남의 집 창문을
책장처럼 뜯어 먹고 살아서 그럴 것이다.
살아가는 냄새보다 죽어 가는 냄새에 더 가까워진
나는 없던 집이 갑자기 나타나 까맣게
잊고 살던 애인을 무당벌레처럼 보여 줄까 봐
더럭 겁이 났다. 집에 혼자 남겨져 전화번호를 뒤적거리는
일보다 가난한 일은 없었다. 종이식탁 위에
막 끓인 라면 냄비를 올려놓고도 달걀처럼 굴러온

무덤이 보였다. 나는 도망가는 내 이름을 붙잡아 문패로
달아 주었다. 집은 떠내려가거나 부서지기 쉬운
얼굴을 가지고 있어서 나는 가만히 젓가락을 내려놓고
배가 고프거나 아파야 했다.
집은 얼굴 없는 물이 만들어 낸 이야기일 뿐이라고
생각하면서 집이 스스로 몸을 던질 때까지
물끄러미 창밖을 내다보며 볼펜을 입에 물었다.
나는 집이 더 이상 나를 찾을 수 없는 곳을 찾아
막 돌아다니는 한 마리 벌레라고
썼다. 끝은 언제나 밤이었다. 마른 물고기처럼
내가 시작된 곳이었다. 사랑은 오늘도
집에 없었다. 나는, 나도 모르게
또 떠나야 했다.

비행기가 자꾸 같이 살자고 하는데

없는 것이다
하늘은, ……그렇게 생각하니까 혼자
사는 것이다 죽은 줄도
모르는 것이다 몇 달 후 혹은 몇 년 후
어쩌다 발견해 줄 사람은 있겠지만
죽은 사람이 없는 것이다
사람이 사랑이 되기 위해서는
사람을 죽여야 한다지만 죽은 사람마저
없는 것이다 그래서

나는 혼자 논다 가끔씩 배달되는
자연 한 박스를 열면 나오는
멸종된 새가 같이 놀자고 떼를 쓰기도 하지만
혼자는 기어코 없는 것이다 밤이 없어서
달과 별을 만들 수 없고 낮이 없어
거울조차 만들 수 없는 것이다
사랑이 되기 위해 사람을 너무 많이
죽인 것이다

문득

하늘을 조금 남겨 두어야 한다는
생각이나 하면서 혼자 사는 것이다
침대에 누워 본다 저런, 모기가 비행기 흉내를
내고 있다 …… 쯧쯧 양미간을 찌푸리면
배달 오토바이로 변한다
나는 아직 잠들 생각이 없는데
꿈이 찾아온다

발이 참 작고 하얀
비행기, 당신이 잘못 꾼
꿈이다

홍잠 紅蠶

또 나보다 늙은 하루가 오고, 나는
뽕잎처럼 잠을 뜯어 먹는다.

죽음을 사랑하는 일을 알고 있을 것 같은
여자 생각이 났고, 착한 사람이 되는 꿈을 꾸고 말았다.

나는
착한 사람이 아닌데 발끝부터 머리끝까지 아니어서
까마귀들이 속을 다 파먹어 버려서

그 자리에 목화송이처럼 채워 넣을 울음을
가만히 떠올려보는 것인데,

누에가 먼저 썼다. 배 속은 집과 같아서
내가 늙은 것이 아니다 내게 온 시간들이 늙은 것이라고
속을 들여다볼 때마다 끓는 아이, 나는 입을 버리려
밤보다 깊어진 잠의 옆구리까지 기어들어 갔지만
실을 뱉어 내기도 전에 누에는

펜을 놓았다.

좀 젊어져서 돌아오겠다며 집을 나간 마음이
또 돌아오지 않고 있다. 혹시 그 마음 본 적 있으신 분은
잡아서 좀 죽여 주세요.

이젠 버려야 한다. 배 속에서부터 충분히 늙은 채
태어난 입을 버려야 한다.

이러다간 죽어서도
잠 속에서 끓는 몸을 꺼낼 수 없을지
모른다.

노루똥

매일 아침 고양이똥을 치우면서
생각한다 인생, 뭐 별건가 오늘 하루만
속아 주면 나 또한
자연이다

감자를 구웠다

방 하나, 방에 딸린 입 하나
입 안 가득 넣고 굴리는
지구도 하나

가난한 나 하나 때문에 그녀는
아직 떠나지 못하고 있다

양말에 구멍이 난 것처럼
아주 소박하고 평범한
꿈이었다

지구보다 큰 감자를
꿰맬 수 없는 구멍 하나를
구웠다

고구마를 심고 있었다

저격수가 등장한다.

그는 고구마를 심고 있었다.
저격수가 가늠자 위에 그를 올려놓고 있었다.
그는 고구마를 심다가 죽을 것 같았다.

그때 나는 누구의 편도 아니었다.
거울 바깥에 있었다. 그가 고구마를 심고 있는 곳으로
필살의 저격수가 등장한 거울 속으로
들어갈 수 없어서 나는 어린 무화과나무처럼
서 있었다.

오늘이 생일입니다.

그러나 그는 정말 고구마만 심다가 죽을 것 같았다.
고구마를 먹는 모습은 끝내 보여 주지 않았다.

거울이 낳은 잘생긴 머슴처럼, 바람도 모르고 살아서

쓸쓸하고 아픈 사람, 그는 고구마 심는 것을 들키지 않으려고
거울 속으로 들어갔는지 모른다.

그러나 나는 안다.

저격수의 총구가 반짝거리고 있다. 그는 심장에 총구멍이 난
한 남자를 보여 주려는 것이다. 거울에서 쫓겨난
내 이야기를 하려는 것이다.

왜 그랬을까? 차라리 닭이나 키우고 살지 어떻게
그렇게 살았을까.

그는 고구마를 심고 있었다.
개처럼 부리기도 전에 저격당한 심장을 거울 속에 심으며
자신의 쓸쓸한 최후를 배웅하고 있었다.

나의 저격수였던 당신에게
이 거울을 바친다.

월간 벌레

나는 집이
없다 괜찮다, 없는 것도 있어야지
나를 슬금슬금 피하던 집은 갈수록 멀어진다

궁궐 같은 집을 물려받았더라도 나는
팔아 버렸을 것이다 복권이라도 당첨되어 집을 사면
처마 밑에 제비 새끼부터 몇 마리 들여놓겠다던 아버지 앞에
숟가락도 놓지 않았을 것이다

집에 가자, 도망가는 바람의 다리몽둥이라도 분질러
데려올 수 있는 그런 집이 아니라면 차라리
없는 게 낫다

나는 왕릉을 릉, 릉, 릉, 밀고 다니는 사람
쇠똥을 굴리는 말똥구리처럼 집 없는 설움이란 말을 굴리면
지구보다 둥글고 큰 집이 나오고 한심해 죽겠다는 듯
나를 구경하는 벌레들이 보인다

아빠, 아빠 그 나이에 집도 없이 뭐 했어?

끝까지 들키면 안 된다 하나뿐인 딸아이마저
벌레가 될 테니까 죽은 듯 누워 있던 엄마가 그래야지, 하고
또 끓는다

코로나19로 출입이 통제된 요양병원, 당신은 나를
마치 지구상에 마지막 남은 생명체인 양
바라보고 있었는데

문득

이젠 정말 사람을 돌려주어야 할 때가 되었다는
생각이 들었던 것이다 다시는 당신이 돌아올 수 없는 집
벌레가 아니면 들어갈 수 없는 집, 없어서 참 좋은
집이 바람에 날아가지 않도록

나는
한 사람을 또 한 사람으로 꾹
눌러놓았다

꽃과 두꺼비

길게 죽었다가
아주 잠깐 살아서 좋겠다

작은 화분 속에 묻어 둔
마음이 피지 않아 우두커니
베란다에 서서

두꺼비처럼
두 눈 껌뻑거려 보는
저녁

몸이 하고 싶은 말을
꿈은 알고 있지만 큰 소리로
떠들진 않는다

당신을 업었다

미쳤다는 사실을

들킬까 봐 몰래 지나가는
비행기

비도 오고 그래서 *
— 새우깡

없는 아내에게
말했죠. 나는 영원한 남편이
아니라고, 그리고
또 말했죠. 옛날엔 있었지만
지금은 없는 애인에게
옛날 영화처럼 데리고 다니지 못해서
미안하다고, 나는 나에게
영원한 사람이 아니라고, 그래서
영원한 남편들과 영원한
애인들과 영원한 아빠들에게
허리 굽혀 용서를 구한다고, 나는
뒤통수를 긁적거리며 새우깡을
사러 가죠. 천국이나 지옥에도
새우깡이 있을까, 하고
빗줄기를 타고

새우깡을 깡그리 무시하는
팝콘 같은 것들이 생겨서 고민이죠.
없는 아내와 애인들이

쿠키 영상처럼 차례로 내려와
입이 커지고 몸이 불어난
나는 당장 죽어도 여한이 없겠다는
표정을 만면에 머금고 가만히
하늘을 올려다보죠.
식인 상어나 혹등고래처럼 무시무시한
비밀이라도 속삭이려는 것처럼
누구나 그럴지는 모르겠지만
난 그래요. 눅눅해진 새우깡에게
참 미안해요. 그래서
그래요. 옛날 영화 보러
같이 가 줄래?

빗줄기를 타고 내려오는
수많은 사람 중에, 하필이면 나를
울렸죠.

* 2011년 6월 발매된 '헤이즈'의 히트곡

옛날 영화

같이 영화 볼 사람을 찾았다

사람이 없으면 나무라도 좋고, 라며
언젠가 팝콘 상자 속에 손을 넣어 주고 사라진
네가 웃었다

비파, 고욤, 돌배, 오리, 자귀, 바오밥, 아카시아나무……
근데 그때 우리가 본 영화 속에 서 있던 나무는
무슨 나무였더라?

다 지나간 이야기지 뭐
둘이서 우는 것보다 혼자 웃는 게 더 아파서

팝콘부터 캐러멜에서 핫 칠리로 바꾸고
나는 새 사람이 되고 싶었지만 까르르 네가 또 웃었다
새마을운동 하냐?

옛날과 영화가 손을 잡고 날 구경하러 왔다

위리안치 圍籬安置

너는 모르는 사람이 틀림없다고
노랗게 익은 탱자를 매달고 한 번 더 웃었다

겨울이었다 참새들이 소복이
앉아 있었다

나는 이 이야기를 나의 머랭 선생님에게
해 주었다

좀 많이 늦었지만
결혼을 한 번 해야 할 것 같은
여자를 만났다

기뻤다 운명 같아서, 이 운명이
지옥과 천국을 자주 오가다 길을 잃어버릴 때까지만
살자, 한 번 더 기뻤다

내 꿈은 머랭, 닭과 무슨 관계가 있을 것 같아서
머쓱하게 웃었다 여자가 따라 웃었다
설탕과 달걀흰자는 많이 친할 것 같다는
이야기를 해 주고 싶었지만
좀 민망했다

그녀는 웃음을 목에 걸고 다니는 것 같고
나는 웃는 얼굴을 만져 본 적이 없다

손만 잡고라도 잤으면 한다

잠깐 실례할게요

나는 그녀의 하얗고 가느다란 목을 잘라
호주머니에 넣는다

화장실 거울 앞에서
닭이 된 나는 그녀의 웃음을 빈 호리병처럼 기울여서
나의 친애하는 머랭 선생님을 소개시켜 주기
참 좋은 날씨라고
생각했다

2부 |

당신 이야기잖아요 모르시겠어요?

나의 돌멩이 선생님

당신에게 보여 줄 비장의 무기는
나의 돌멩이 선생님

이미 당신 손바닥 안에 있습니다 그것은
아무리 멀리 집어 던져도 깨지지 않는
사랑입니다

아프리카 끝의 얼어붙은 바다까지
던져진들 괜찮습니다

나의 문어 선생님*이 되어
돌아올 것입니다

* 2020년 제작된 다큐멘터리 〈My Octopus Teacher〉에서

당신 이야기잖아요 모르시겠어요?

가끔씩 식물인간처럼 누워 있다.

지루해지면 인간을 떼어 내 키우며 놀았다. 깔깔 웃고 떠들며,
좀 시끄럽겠지만 물을 자주 나눠 마시면서
지지고 볶으며 인간적인 교분을 쌓으며 살다 보면
바깥공기와 어울리는 상식과 교양을
갖추게 된다. 된장국에 삼겹살 굽고 깻잎 씻어
식탁을 차리는 것은 스스로 학대하거나 자진自盡 하지 않았다는
서로의 진술서가 필요하기 때문. 떼어 낸 인간 앞에서는
죽었음 죽었지 울진 말 것. 이별 앞에서는 동물이든 식물이든
아프다는 것을 동선動線이 겹치는 그림자 가득
받아 적어야 하지만 대부분의 사랑은 이별 근처에서
터무니없이 부족해진다.
떼어 낸 인간을 다시 붙일 곳을 찾기 시작한다. 그럴 곳이
지상에는 없는 줄 알 즈음 시詩가 된다.
그런 날은 비[雨]도 된다.
식물과 인간은 완전히 다른 꿈을 꾸는 것 같지만
연애지상주의자 입장에서 보면 서로 닮아

진지한 구석이 있다. 식물도
부르면 온다.

식물에서 떼어 낸 인간을 버리고
그냥 식물만 할까, 하고
앉아 있다.

뷰
— 연애시집

마침내 살림집이 되었다

옛날 영화를 보고도 늙지 않는 사람이 너무
신기해서 밤새 읽었다

집에서도 잠옷보다 환자복이 어울렸다
열심히 스쿼트를 하다가 잠이 몸을 창밖으로
집어 던진 줄도 몰랐다

주저앉은 코를 화단에 묻은 다음
금 간 갈비뼈를 감싸 안다가
문득

궁금했다
잘살고 있겠지, 살아 있는 사람에게
죽은 사람이 건네는 안부는
너무 즉흥적이다

완전히 썩어 흙이 되기 전에
뷰가 좋은 바닷가 모텔에 한 번이라도 더
가야 할 텐데

집이 되었다 라면 냄비 밑에 깔린
시집 속에 먼저 살던 사람이
한 번 더 죽기 싫으면 빨리 기어들어 오라고
베개를 집어 던졌다

새 애인이 생기면 나도 모르는 곳으로
이사를 가야겠다고
생각했다

당신 또한 천사들의 장난감을 가졌지

다른 사람을 가지고 싶은 마음
몸 밖으로만 떠돌다 입이 지워진 말을
모국어로 사용하는, 그러나 언제나 늙은 고아 같아서

아프다는 말은 형용사가 아니라 명사라고
쓴다, 가만히 물을 두 뺨에 대 보는
돌멩이처럼

얼마나 더 울어야 보일까?
몸에 없던 구멍이 생겼다 개가 드나드는 개구멍이 아니라
사람이 사람을 꺼내거나 사람이 사람 속으로
숨어드는 구멍, 천사들이 날개를 말리거나 장난감을
갖다 놓아 아직 그 누구도 찾지 못한
구멍

요양병원에 누워 계신 어머니 두 뺨에도
스르르 나타나기도 하는 구멍에 눈이 멀고
귀가 먼 나는, 그런 내게 다시는 돌아오지 않을

당신 또한 옛날 영화 속으로 돌아가서는
오래된 미래가 됩니다 다시
기다려야 됩니다

아주 잠깐 자고 일어났더니
나이가 아홉 살이다
내 몸인데 틀림없는데 내가 아니라 또 다른 사람이
살고 있다

세상에, 세상에는 나보다 더 재미있는 것도
나보다 더 재미없는 것도
없다, 나는

물을 가지고 노는 돌멩이처럼
기다린다 죽은 듯 가만히 앉아서
날개가 돋아나기를

gone
— 박정임 한정판

비에게 들었다
잘못한 일도 별로 없는데 자주 아프다는 말
마음보다 축축해진 말은 종이에도 옮겨 놓을 수가
없어서

나는 또 혼자서
고장이 나 버린다 비는 자꾸 오는데
비가 모르게 데려올 수 있는 사람이 없을까, 하고
생각하다가

점점
나는 불어나 몸 밖으로 떠내려가 보지만
다리몽둥이 부러뜨려서라도 붙잡을 수 있는
사람 하나 만들지 못하고 살아서

엄마, 미안해
펴지지 않아 찢어질 수도 없는 우산처럼
나는, 나를 떠날 수도 없나 봐

그래서 그래 누워만 있는 당신 앞에 주룩 서 있으면
미안해 비도 나이를 먹나 봐
자꾸

아파

또 혼자서 고장이 나
요양병원에 누워 있는 당신 말처럼 나 또한
잘못한 일이 별로 없는데…… 그래서
그래

엄마, 우리 잠을 버리자
나는 죽지 않는 사람이 되고 당신은 살지 않는
사람이 되어 비가 지나듯 그렇게
자주 아프자

팔짱 낄래요?

모든 끝은 이렇게 시작되는 것 같아요

미안해요. 난 가난하지만
아무래도 유모가 필요한 것 같아요.
당신에게 정말 미안해요. 나는
나를 식은 죽처럼, 가짜 젖꼭지 입에 문 아기처럼
조용하게 만들어 줄 그런 유모가 꼭
있어야 할 것 같아요.
옛날 유명한 작가들은 하인까지 있었다고 하잖아요.
그래서 그래요. 난 삼류니까 언감생심 거기까진
바라지 않아요. 그냥 아무 말 없이 내 울음을
봉인해 줄 유모 한 명이면 족해요.
엄마가 떠난 임대아파트 베란다 화분 속에서
기다렸다는 듯 말라죽어 가는 식물을 보고
펄쩍 내 입보다 더 높이 뛰어올라
울음을 떠 오는, 그런 바보천치 같은
고양이 집사도 한 명 있었으면
좋겠어요. 미안해요. 나는
나를 울리지 못해서
또 웃겨요.

관상용 발가락

인도 벵골에서 아프리카 원주민까지
지구에 사는 모든 사람들이 다 그의 곁에 있는데
단 한 사람이 없다

그는 참 착하고 좀 모자라고 그래서 남은 게 별로 없는
침대에 누워 있으면 눈사람이 찾아와 울어 줄 만큼
뜨거운 사람이고 그래서 늘 외로운 사람이다

나는 어젯밤 그가 아무도 읽지 않는 시가 될까 봐
그의 발가락을 잘라 베란다에 앉아 있는
인도고무나무 밑에 심었다

그는 이제 이 세상에서는 구할 수 없는
사람이다 더 이상 내가
아니다

내 바지 어디 갔어?*

나무젓가락에게도 바지를 입혀 봐야겠어

짜장면을 배달시킨다 배달의민족은 쏜살같이
달려온다 이게 다 단무지나 양파 덕분, 나름 나이를
좀 먹은 탓인지 양이 부쩍 줄어들었지만
용서가 된다

비가 내린다
역시 난 시보다 소설에 재능이 있다는 결론에
도달하자 우울도 건강해진다 이런 날엔
비도 우산을 좀 가지고 왔으면 좋겠다, 싶은 생각이
아기고양이 발톱에도 묻어 반짝거리는 것인데

같이 가요, 당신의 그림자가 말했다**

입이 시꺼메졌다
닦지 말고 그대로 있어요 혀가 올라가는 중이에요
뱀이다, 뱀이다, 뱀에게 치마를 입혀 봐야겠어
아무래도 오래 살긴 글렀다

바지를 벗을 때마다 나는 다시 태어난다

반짝반짝 짜장면 그릇 문밖으로 내다 놓고
팬티를 후박나무 잎사귀처럼 들고
이브를 기다리기로 했다

그리고 육십 년이 지났다

아직도 당신은 내가 아담인 줄 모른다
그렇다면 뱀이 치마를 입고 사뿐사뿐 걸어 다니는
그런 세상이 배달될 날도
멀지 않았다

태어나기 전으로 간다
문 좀 열어 주세요

* 애니메이션 〈소울(2021. 01. 20. 개봉)〉 대사 중에서
** 민구, 「계절」 중에서

잠적

기분 좋게 출발하는 중이야

안녕, 이란 말 대신 휘파람
단 한 번도 누군가를 기다려 본 적 없는 바람 불어오고
그 바람도 모르는 사람이 나타나 보여 주는
모란앵무 데리고

못다 부른 노래마저 들킬까 봐 숨어서
다시 공부하고 직장을 구하고 결혼도 하고
딸 하나쯤 낳고 살다가, 깜빡
죽는 것도 잊어버릴
곳

미안해, 더 이상 찾지 마

나, 지금 당신 안이야

사물화

몸을 떠나지 못하는 마음에 대하여
사물들이 말을 할 때

두 발을 땅에서 떼어

비를 만나러 하늘로 올라가고 싶은
사람들이 모여 웅성거릴 만한
곳을 찾듯이

나는 요즘 자주 떠 있다
우산처럼

버려지고 싶은데
버려 줄 사람이
없다

소셜미디어
— 가끔씩 옆구리 근처에서 구름이 발견됩니다

살고 싶지 않았다. 그렇다고
죽고 싶지도 않았다.
지금 잘 살고 있고 아직 죽지 않았다는
말이었다. 그래서 나는 무엇이든 될 수 있었다.
개, 벚꽃고양이, 쥐벼룩, 달팽이, 조랑말, ……
모기, ……… 밍크고래, 가물치, ………………
아직은 돼지, 한때는 개, 그리고 내일은 의자,
부서진 기타 등등

나는 사람과 싸우고 싶지 않았다. 정말
아름답게 살고 싶었다. 몸 구석구석에서 썩어 가는
피를 돌려 방가지똥이나 개불알꽃이라도
피워 내고 싶었다.
다시 결혼하면 목숨보다 귀한 딸아이가 아니라
선인장을 낳고 싶었다.

꾸지도 않은 꿈이 자꾸 아팠다.

평소의 게으른 생활처럼 그렇게 평범하게
자연발생적으로 잘 살고 있는데, 어머니가 왔다.
죽은 어머니가 날 찾아왔다.

내 아들이지만 넌, 틀렸다.
맞아요. 한번도 맞은 적이 없어요.

아직도 사람이 덜 되었니?
구름쯤 된 것 같아요. 바람이 되려면 아직 멀었고요.
그래, 그래야지. 그래야 너지.
네, 맞아요.
그러니 지금이라도 정신 차려라.
네, 사람이 되려고 사람을 죽이기도 하더라고요.
그러니 사람 같은 거 하지 말고
사랑이나 좀 끓여라.

마량

술이 안 깨
욕실에 뜨거운 물 받아 놓고 물끄러미

영원, 이라고 써 놓고
세상에서 가장 짧은 말이 너무 고요한 것 같아
웃었다

사귀지도 않고 헤어진 애인들이 하나둘 돌아와
박수를 쳤다 신화 속에서 쫓겨난 여인들은
언제나 고맙다

내 사랑이 잠깐 쉬어 가는 곳

이런 날엔 당장 엘리베이터가 고장 나야 한다
10층까지 봄이 올라오는 장면을 구경할 수 있을 거라고
하늘에서 내려오는 목소리

집으로 돌아오지 않고 있는 아이를 찾습니다

강진초등학교 김ㅇㅇ 군은 이 방송을 듣는 즉시
귀가해 주시기 바랍니다

들어오기 위해 지은 집이 있으면
나가기 위해 지은 집도 있다

나는 울지 않는데
밤이 자꾸 울어서 죽을 뻔했다고
같이 술 먹은 친구에게 편지라도 쓰고 싶었지만,

내 사랑은 나보다 몸이 약하니까 빨리 죽었다가
지금쯤 다시 태어났을 거라고
생각했다

* 전남 강진 마량포구. '제주에서 온 말들이 잠깐 쉬어 가는 곳'이라는
  의미

사탕수수쥐

꿈에 도둑이 들었다

훔쳐 갈 건 나밖에 없는데,

아무리 생각해도 참 가엾고 안됐다

조용히 까치발을 드는 그의 등 뒤에
마른 슬픔이라고 썼다

라면이라도 하나 가져갔으면
좋았을 텐데,

지나간 사랑들이 단체로
돌아와서는 씨익~

사탕수수쥐처럼
웃었다

3부 |

여기까지가 외로움인가, 싶어서

하는 이야기입니다

몸에 비가 내리는 시 *

비가 내리고
훌쩍 2년을 넘게 엄마는
요양병원에 누워 있고, 나는 물끄러미
창밖의 비를 아기 기저귀처럼 걷어 오는데
문득 아버지 기일이라도 생각났는지
조기 한 마리라도 사야겠다는 듯
엄마가 나를 올려다보는데
하늘보다 무서운 입이 긋는 마른번개 같아서
들고 있던 비닐우산 슬그머니 내려놓고
두 발을 가지런히 모으는 장면

나는 또 봅니다
비는 내리고, 엄마는 누워 있고, 아이에게로 갑니다
비가 그치기 전에 출발하십시오 가다가
환승하지 마십시오 전생이 바뀌어도
절대 갈아타지 마십시오 사이다와 계란은 안 됩니다
조기나 도미 같은 생선은 괜찮습니다
마지막으로 둘러보실 수 있지만

도착 시간은 어두워서 잘 보이지 않을 것입니다
빗속에 서 있는 비처럼
아이에게 도착하면, 시작되는
술래잡기

요양병원에 누워 있던 엄마가 돌아가신 아버지를 잡고
나를 잡으러 쫓아올 때까지 가만히
나는 기다립니다 비는 내리고
엄마는 누워 있고
우산도 없이, 좀 있다 울어야 할
아이를 나는 내가 아닌 듯
봅니다

엄마, 걱정 마요 이제
곧 울 거예요

* '몸에 비가 내리는 시(A Poem That Rains on the Body)'라고 불리는 〈텍스트 레인(Text Rain)〉은 1999년 미국의 미디어아티스트 카밀 우터백과 이스라엘 출신의 멀티미디어 예술가 로미 아키투브가 공동으로 제작한 인터랙티브 미디어아트 작품. 스크린 앞에서 관객들은 다양한 몸동작으로 반응하며 놀이하듯이 참여한다.

식물 합시다

복권 긁을 힘만 있으면 그럽시다
아무도 우리가 죽었다고 말하지 않을 거야

치약을 꾸~욱 눌러 짠다

아침에 눈을 뜨자마자 하는 일 지그시 눈 다시 감고
사람이 사람을 견디지 못해 벌이는 제례, 침대 밑으로 떨어진 베개는
사람에게 목이 베인 사랑의 화병쯤으로
하얀 변기 위에 올려놓고

엄마, 이제 그만 가요 집에 가요

양치를 하다가 하필이면 양치를 하는데
마침내 어머니의 치매가 시작되었다고 요양병원 주치의가 말했고
베란다에 놓인 화분 속 다육이가 조금 흔들렸고 나는
가만히 입을 헹구고

고사리 대사리 껑자 나무대사리 껑자*

매일 아침 화장실 거울 앞에서 하는 일이란 앞을 지우고
뒤를 잊는 일

식물 하자, 엄마, 겨울엔 죽었다가 봄 오면 다시 피자

엄마 허리를 꾸~욱 눌러 짠다

식물들은 기억력이 좋다는 이야기를 들은 탓인지
신발 사러 가는데 꽃이 자꾸 따라온다
엄마, 놀랬잖아

우리는 손을 잡고 서로를 떠나기 시작했다

닭이라도 몇 마리 키우면서
식물 합니다. 그냥 식물
합시다.

* 상강술래(고사리 꺾기) 중에서, '껑자'는 꺾자의 사투리

식물 합니다

식물 합시다, 이 말을 자전거에 태우고 달리면
변한다. 아파트에서 요양병원으로 주거지를 옮긴
엄마의 자서전에 그렇게 나온다.

식물은 꼬리 대신 머리를 흔든다.

입을 발밑으로 떨어뜨려 하늘이 내려오길
기다리는 자세, 가만히 누워만 있는
당신을 내려다보면 죽음을 추월해 한 번 더 사는
기분.

잘 팔리는 시집 제목에 목줄을 묶어 바람 쐬러
간다. 없는 애인이 따라나설 때도 있지만
아주 드문 일이다.

잘생긴 이팝나무 하나 골라 밤에게 이야기하듯
볼일을 보다가 문득 나를 데려오지 않았단
생각을 할 때도 있다. 미쳤나 봐, 언제까지 머리를

꼬리처럼 흔들어야 되는 걸까.

잘 팔리는 시집 속에는 뿌리를 꼬리로 사용해
춤을 추는 부족들이 산다고 했다.

땅만 보고 걷다 보면 가까워지는 나무의 잠, 속에서
끓어오르기 시작한 나를 기다리고 있을
당신과 집에 들어가면 화를 낼 것 같은 밤을 위해
작은 화분 하나를 샀다.

이제 울기만 하면 된다.

녹슨 자전거처럼,

여기까지가 외로움인가, 싶어서 하는 이야기 입니다

외로움이 기도가 될 때

이렇게 써 놓고 보니 글이 아니라 그림이다.

마스크로 입을 가렸다. 한 소녀가 울먹울먹 요양병원 출입문 바깥에서 마이크를 들고 있다. 할머니, 미안. 붕어빵 못 사 왔어. 문을 닫았지 뭐야. 다음에 올 때 꼭 사 올게.

괜찮아, 괜찮아. 밥 잘 먹고 먹다 남은 과자도 많아. 휠체어를 탄 할머니, 병원 출입문 안쪽에서 요양보호사가 갖다 대 주는 마이크를 막대사탕처럼 빨고 있다.

다음 이야기는 붕어빵 사 왔어, 로 시작되겠지만 다시 마이크를 들 수 있을까? 코로나19 확산으로 출입마저 금지된 동창원요양병원. 다음과 다시 사이, 소녀와 할머니 사이, 바람 한 점 끼어들 수 없는 그 사이

숨을 곳이 없어서 찾을 수도 없는

곳.

앞이 아니라 뒤를 기다려야 하는 사람이 있다.

할머니, 미안. 다음에 올 때 그때는
꼭 사 올게.

외로움이 기도보다 간절해질 때
다음에 올 때, 그때는
울 때.

그 집 앞

내가 없으면
아무도 살지 않는 집

방 안에 파리나 모기 대신 비행기가 날아다니는
집, 고양이는 십 년을 넘게 키웠지만 사람이 되지 않았다

집주인은 이미 죽었지만 죽었는지 모르는 손님들이
화장지나 식용유를 들고 문을 두드리는 집
꼬깃꼬깃 구겨져 뒹구는 유령의 그림자 몇 장을
세어 보다가 돌아서는 집

집에 가고 싶지 않았다 나는, 너무 자주
나마저 나를 기다리지 않는 집에
가고 싶지 않았다

게임처럼 사랑을 즐기는 소년과 배달음식처럼 사랑을 잘 받는
소녀들이 우글거리는 집으로 꾸며야지 그러려면
시를 써야지 사랑을 해야지 내가 없으면 아무도 살지 않는

집이니까 내가 시인이 되어야지 나를 꼭꼭
씹어 읽어야지

시가 오고 있다 시가 오면
봄은 와도 되고 그만 안 와도 그만인
집

그러나 시를 쓰려면 당신이 필요한
집, 이사를 가기 위해 지은 그런 시집이 있다
누군가의 가족이 되기 위해 매일 밤
그 집을 들어서는
유령이 있다

권태가 사진 속으로 들어가면 메기로 변할 수도 있지

의사에게 빌린 듯 흰 가운을 입고
도마 앞에 서 있는 늙은 메기 사진을 보았을 때

나는 웃었다. 잉여인간처럼

아무리 생각해도 어이가 없었다. 도마 위에 누워서도
눈을 감을 생각이 전혀 없어 보이는 그를
나는 한참 쳐다보았지만 뭐라고
설명할 길은 없었다.

물론 그를 위해
메기 손에 죽는 것도 나쁘지 않을 것 같다는
위로의 말을 준비해 두었지만, 뭔가
부족했다.

나는 도마 앞에 서 있는 메기와 도마 위에 누워 있는
그를 위해 그 누구보다 친절하고 부끄럽지 않은
사진 설명을 남겨야 했다.

이놈이 죽어 버리게 해 주세요.

메스를 든 메기와 함께 배시시 나는
얼굴 없는 수염처럼 웃었다.

이놈이 누구인지에 대해, 도마 위에 누워 있던
그가 나로 바뀌면서 이놈이 된다는
사실을 모르는 척

메기는 메기, 권태는 권태일 뿐

나는 사진 속 나의 어느 부분을 손가락으로 가리키면서
이놈이 죽어 버리게 해 주세요, 란 말을
할 것인지에 대해 심각하게 고민할 수밖에 없는
지경에 다다르고 마는 것이다.

사신이 찢어지도록 한 번 더
웃고 마는 것이다.

사진 속에서 몽글몽글 부풀어 오르는

찰칵, 한순간이다. 한 번 갇히면
도망갈 수 없다. 백 년이 가고 천 년이 가도
아이처럼 해맑아서 무덤 속으로도
발을 내릴 수 없다

도라지꽃밭 같았다 얼굴을 마주 보면서도 보이지 않는다고
밤을 당신의 발처럼 만질 수 있는 곳. 모든 세상이
거짓말 같아서, 도라지꽃이 필 때도 도라지꽃이 질 때도
사람은 사람을 끝내 고쳐 쓸 수 없어서

사진 속에서 희멀겋게 웃고 있는 당신을 꺼내
발톱을 깎아 준다. 오늘은 내가
좀 착해진 것 같다.

느닷없이

이 형용사는 살 같다. 그래서 당신은 웃고 나는 울고
기억이란 다시는 오지 않을 사람의 뼈, 그러니까 촉망받는

주검들의 이야기.

당신 덕분이라고 쓸 수 있다. 언제부터 내 사랑은
골동품 상점의 고문서가 되어 버렸을까.

아버지, 떠난 적도 없고 떠나보낸 적도 없는 당신으로부터
바람이 오고 또 밤입니다. 그해 그 여름을 끓이던
밤의 비알.

죽음으로 끓이던 생의 한순간을
고백하기 위해 당신은 사진 속에 문을 닫고
앉아 부풀어 오른다.

죽음마저 곁에 둘 수 없는
사람의 두 눈은 신神을 아기처럼 업은
·밤의 독서로도 끝내
감길 수 없다.

흑백 무덤

뇌를 개처럼 부려
심장까지 내려가 보는 날이 있다.

나는 아이가 된다, 무덤을 보면
뭔가 모자라게 늙었던 내가 꽉 차오르는 느낌
미친 듯이 나는, 나를 완전히 믿어도 될 것 같다는 생각이
든다.

가벼운 한숨과 깊은 농담을 나누며
지나가는 바람마저 가만히 노루 똥처럼 그냥
옆에 앉히면 보인다.

기억이 몸을 앞질러 가서 지은
집, 뒤돌아보면 심장과 함께 씹어 먹고 싶은 혀, ……
무릎, 그리고 빌어먹을 나이 같은 것
그러니까 머리가 아니라 가슴을 치고 가는
기억이 있다.

나는 모르는 척한다. 그것은 정말 모른다는 말이
파 놓은 무덤, 뇌를 개처럼 부려 오래전에 찢긴
눈꺼풀이라도 가져온다.

고작 일 년에 두어 번 찾아뵙는
아버지, 당신 유골이 담긴 작은 항아리가
관상용 화분처럼 보일 때가 있어서

나는 또 흑백으로 웃는다.
수액이 가득한 링거를 꽂고 돌아다니는
어린이 환자처럼, 다시 오지 않을 사람들이
한 땀 한 땀 꿰매 입혀 준 기억들을 입고 저만치 오는
무덤을 바라볼 때가 있다.

너무 나쁘지는 않은 것 같다.
늙은 토끼가 아기 족제비에게 쫓기듯
내가 내 안에 파 놓은
무덤을 오가듯

Happy Birthday

비가 과거로부터 온다*면
사랑 또한 과거로부터 온다고

물끄러미

쏟아지는 빗속에 서 있는 빗줄기처럼
나만 있고 아무도 없는 이야기를 모르는 척
창 너머 두고

한물간 생선이라도 한 마리 구워 식탁을 차리지만
근사하게 꽃병에 꽂아 둘 비가 없어서
없는 우산처럼, 지금까지 없었던 이야기를
하다 보면 가물가물 다시 태어나는
그런 이야기로

물끄러미, 물끄러미, 자꾸
물끄러미, 란 말이 생선 이름 같아서
촛불을 목이 긴 장화처럼 신고 만나야 할 사람이

붉어났다고

연애하기 좋은 날씨다 그러게
사람에게 빠져 죽기 딱 좋은 날씨다

뭐라, 뭐라 누가 뭘 지껄이든 뭐가 어떻게 되건

없는 우산이 생기면 함께 쓰고 갈
시신이라도 저만치
뛰어올 거라고

물끄러미

* 보르헤스

무화과나무 밑에서

아프다는 말을 할 때마다 당신 또한 뼈가 거추장스러웠을 것이다. 나뭇가지처럼 하나씩 부러뜨려 마음속에 심고 싶을 때가 있었을 것이다.

아프다는 말을 할 때마다 피는 내게 글을 부탁했다. 그런 밤엔 잠도 오질 않았다. 피를 데리고 나가서 아프지 않은 사람을 구경시켜 주고 싶었지만, 피는 새벽이 오기도 전에 집을 나갔다.

아무 말이든 해야 할 것 같았지만 아무 말도 할 수가 없었다. 마음속에서 뼈가 자랐다.

사랑은 죽지 않는다고 써 주었다. 사랑한다는 말을 너무 많이 죽여서 그렇다고 써 주었다. 더 이상 뼈와 살을 가지고 다닐 수 없는 당신 또한 얼마나 더 울어야 하는 걸까.

다시는 오지 않을 당신 귓속으로 꽃을 들고 들어간다.

남의 피를 가졌다는 걸 들킬까 봐

차마 아프지도 못하는
사람이 있다.

새

마침내 나는 허공에 욕하시던 당신에게 도착한다

어찌할 바를 모른다 나는 사는 동안 그렇게 물어물어 어딘가도 모르면서, 시를 몰라서 시를 썼고 사랑을 몰라서 사랑했던 것 같고 그렇게 울어울어 끝내 혼자였던 것 같아서

어디에나 있고 어디에도 없어서 나는 내내 짐승처럼 먹고 사는 이야기를 했고 싫증이 나면 밀항하듯 울었던 것 같아서 머리를 농구공처럼 통통 튀기며 뒤돌아보면

대단하지 않나, 싶은 그런 마음을 어찌할 바 몰라서

한동안 먼 곳으로 가 거기서 싫증이 날 만큼 살다가 오면 좋겠다고 바람이 될 때까지 달리는 사람 이야기는 소설이 아니라 시로 써야 한다고 나는 머리를 농구공처럼 어색하게 만져 주기도 했던 것도 같은데

돌이켜보면 그것은 아기처럼 새로 태어난 옛 여자라도 만나게

될 것 같은 예감이었고 미래라는 말의 살을 만지는 감촉이었지만
아직도 미래에 관해서라면 할 말이 없어서

　마음을 떼어 놓고 그러나 농구공만은 옆구리에 끼고

　기껏 도착한 곳이 미래가 아니라 과거였다니, 이쯤에서 누군가
지나가듯 물어 주면 좋겠다고…… 돌아가지 않겠습니까?

　그렇게 물어 주길 간절히 빌었기 때문에 마침내 나는 여기에
도착했다는 걸 확인하고 싶었기 때문에

　개를 데리고 산책하던 사람이 새가 되어 날아가는 장면을
무심한 얼굴로 바라보기도 하면서 나는 이곳에서 혼자 살다
혼자 죽게 될 것이다

　아버지, 마음 편히 잘 지내시죠?

　마침내 나는 세상 그 어디에도
지나가지 않는다

영정사진

네모반듯하게 잘린 한 뼘 땅을 걸어 나와
최대한 무대 앞쪽으로 수줍은 듯 그는 뭔가를
나눠 주고 있다

아무도 안 죽었는지 살피는 표정으로
그는 땅속에 묻어 두었던 자신의 몸을 바람처럼 꺼내
조금 만지게 해 주는 것인데,

어디가 아프다고 하는 걸까?
희미해져 가는 그의 웃음과 눈빛 속으로
내가 먼저 아파야 하는

정말 먼
곳

막창집

영원, 이라는 말을 구워 어디까지 갈 수 있을까?

가팔라진 숨들이 장례식장 화환처럼 묶인 곳. 내가 웃으면
바람이 따라 얼굴을 질겅거리며 들어설 것 같은,

여기서는 밤도 문상객이다.

태어날 때부터 나는 자연도 아니고 과학도 아니어서
울음마저 질겨서 한 번 더 영원이 시작되는
곳.

여기는 소를 위한 모든 나라, 우리는 풀처럼 순하게 앉아 있고
코뚜레를 꿰기도 전에 달아난 사랑 또한
어느 구석진 자리에서 꼬깃꼬깃 입을 봉한 봉투를 들고
사람을 줍고 있는,

언제나 막다른 곳이다. 인생이란 입으로 뱉기 진에
뒤를 들키는 말이어서 웃는다. 빌어먹을, 다음 생이 있다면

이번 생은 살지도 않았을 것!
소가 웃는다.

발밑에 떨어진 숨을 동전처럼 주워 다시 핥는다. 그게 다
영원이란 말 때문에 그래. 소의 마지막 위를 꼭꼭
씹어 삼키던 어느 시인의 말을 불판 위에
가만히 올려놓은 나는

밤보다 더 어두워지면 좋겠는데, 전생의 기억을 되새김질하듯
비를 데리고 막창집 2층 계단을 오르기 시작하는
소를 보았다.

여기, 한 접시 더요!

우리는 영원이란 말을 다시
굽기 시작했다.

나는 소가 잘할 거라
믿는다.

4부 |

떠나지 못했어요, 란 말 데리고

밥 먹으러 가요

낙타

떠나는 것은 매번
당신이 아니라 나였음을
내가 나를 떠나고, 떠나는 나를
붙잡을 수 없어서 한세상이었던 것을

낙타처럼, 저를 혹으로
당신 또한 혹으로 그 사이에
짐짝 같은 한세상
올려놓고

어디쯤이면 끝났다고
한 사랑이, 한 사랑을 다했다고
울 수 있을까

아직도 떠나는 중이다
낙타들은 제각기 낙타가 있어
사막이 있는 거라고
묵묵히

섬

또 의자들이 싸웁니다.

한바탕 싸우고 나서 돌아앉은 의자를 위해 삼겹살을 굽습니다.

8년 넘게 함께 산 고양이가 의자 하나를 차지하고 앉아서는 야옹, 그럽니다. 맞습니다. 다 먹고살자고 하는 이야기입니다. 집에 있는 의자를 세어 봅니다. 혼자 사는 주제에 열 개가 훌쩍, 넘습니다. 제각기 작은 섬처럼 떠 있습니다.

외롭다는 말이 살고 있습니다. 외롭다는 말은 없는 말인데도 죽지 않아서 밥을 해 먹여야 합니다.

삼겹살을 굽습니다.
기분이 좋아집니다.

그런데 의자들이 또 싸웁니다. 나보다 더 어르신이 된 고양이가 식탁 위로 올라와 야옹, 그럽니다. 맞습니다. 외롭다는 말은 없는 말인데도 항상 부족하다는 이야기입니다.

삼겹살을 굽다 말고 갑니다. 의자 하나 데리고
외로움 좀 사러 가는 중입니다.

섬과 섬 사이를 날아오를 듯 기분이
자꾸 좋아집니다.

밥할 자격

쌀을 씻어 안치다, 문득

고양이 밥부터 챙긴다 이럴 땐 나도 발이
네 개인 것처럼
착하다

작은 밥그릇 앞에서
한순간 세상의 전부가 된 밥그릇 하나를 지키기 위해서

밥그릇 속에 머리부터 집어넣고서는
굳건하다 아기 고양이, 아기를 버티고 있는
네 개의 발

새가 온다, 나비가 온다, 발을 가지러 아기를 가지러
운 좋은 날이면
귀뚜라미 톡톡 두드려 울음을 꺼내듯 한 생을
건너

밥그릇이다, 하나뿐인 밥그릇 하나를 지키기 위해
버티고 선 저, 네 개의 발은 잘려도 그 자리를
지키고 있을 부장副葬이다

죽어서도 뛸 수 있는 심장의 상상력이다

당신을 기다리는 일이
그랬다

떠나지 못했어요, 란 말 데리고 밥 먹으러 가요

죽어서도 바지 챙겨 입고
당신에게 가겠지

나는 죽은 듯 가만히 누워서도
부끄러운 일을 참 많이 했다, 싶은 건데 어떡해
언젠가 바지조차 꿰차지 않고 당신에게 했던 말을 슬그머니
꺼내 보는 것이다

그때 당신은 자는 척
머리끝까지 이불을 뒤집어쓰고 있었고 나는 죽을 때까지
불을 끄고 살아야 하는 집 앞에 도착해
바지를 입었지

여기까지야 부끄럽지만, 여기까지가 내가 쓸 수 있는
외로움이어서 죽어야 할 때가 오면 긴바지든 반바지든 바지는
꼭 챙겨야지

처음부터 끝까지 자는 척하는 당신 깨워

밥 먹으러 가야지

혼자 산 지 오래되었다, 이 문장으로
끝이었으면 좋았을 이야기가 아직도 많이 남아서
아무 일이 일어나지 않는
저녁

같이 가요 당신도 가요
떠나지 못했어요, 란 말 데리고
밥 먹으러 가요

이령 二齡

고기를 좀 많이
먹어 둬야 해 식물을 하려면

발을 씻지 않아야 하고
연애는 절대 금지, 가위가 그려진
담벼락에 기대 슬그머니 권총을 꺼내
확인해 볼 것

볼일을 보다 스스로
망신당하는 꼴은 하늘에 보여 주기 싫어서
밤이 필요하다

꽃이 필 때까지 꽃이 질 때까지
볼일을 보면서

고래보다 커서 떠내려 보낼 수 없던
사랑을 쏴 죽일 수 있어야 해
식물을 하려면

집에 가서 고기나 구워 먹자는
여자 배 속으로 들어가는 소년을
모르는 척 지나친다

어차피 나는 처음부터 다시
살아야 한다

* 누에가 첫잠을 잔 뒤부터 두 잠을 잘 때까지의 동안

병원

두 살 즈음의 난 아픈 게 뭔지도 몰랐겠지
엄마가 대신 아팠을 테니까
아홉 살 즈음의 내가 아팠을 땐 엉덩이보다 더 크게
울었을 거야 아마도 그랬을 거야
열일곱 살 즈음의 난 좀 새침하게 아팠을 테고
스물두 살 즈음의 난 까칠하게, 서른 즈음의 나는
파란만장하게 피를 뽑아 잘생긴 남자에게
주고 싶었는지도 몰라 암튼 잘 모르긴 몰라도
요즘은 마흔다섯 즈음의 나에게
전화를 자주 하는 편이야 쉰을 넘긴 난
무슨 말을 하기도 전에 손을
바르르 떨 것 같거든

뭔 말을 하고 싶은 건지는 몰라도 돼
암튼 우린 병원에서 만나거나 지나치게 다정한
얼굴로 함께 병원에 가고 싶을 거란 얘기야
낡은 청바지를 벗고 우물쭈물 환자복으로 갈아 입는데
문득 무슨 옷이든 옷을 입는 것은

옷 아래로 사람을 여럿 숨겨야 하기 때문이란
생각이 드는 거야 울지도 말고 웃지도 마
지나고 보면 다들 똥 기저귀 차고
자연 속에 사는 것 같아
열일곱 난 오늘도 전화를 안 받고 서른 즈음의 난
여전히 통화 중이네 암튼 너무
걱정 마

내가 곧 데리러
갈게

눈멂

1

당신을 처음 본 순간부터 밤이 생겼다.

이 문장으로부터 달이 시작된다. 끝없이, 젖은 종이 위에 올라가 농구공처럼 달을 던질 줄 아는 여자가 영화 속에서 죽는 영화를 보면서 느끼고 싶은 기분을 설명하기 위해 나는 나에게 물었다.

박솔뫼, 알아?
몰라.
다행이다.
누군데?
나도 몰라. 분명히 아는 사람이었는데 모르는 사람이 되어 있네.

(암전)

영화를 보다가 극장을 사 버림*

박솔뫼 때문에 영화를 못 보게 된 우리는 다시 걸었다. 당신은 나를, 나는 당신을 보듯이 밤을 구경했다.

어디로 가면 가능할까?
당신을 오래 살다가 밤을 사 버릴 수 있는 곳.

당신은 나를 슬금슬금 만지기 시작한다. 어둠보다 더 깊숙이 묻어 놓기 위해 그러나 나는 보고 싶은 뭔가가 더 있다. 참 아름다울 거야. 갈 수 없는 곳이 없는 그런, 세상을 사 버리기 위해.

울자, 당신.
서로 안 보일 수 있게
같이.

2

　박솔뫼, 라는 사람을 본 적은 없다. 박솔뫼, 라는 작가를 본
적도 없다. 그러니까 박정임이란 이름을 가진 우리 엄마랑 이본
동시상영이 가능한 이름을 가진 박솔뫼는 박정임의 딸이 아니라
박솔뫼, 라는 사람이 박솔뫼, 라는 작가의 소설을 한 번도 읽은
적이 없는 이야기다. 모든 밤은 그렇게 시작된다. 구불구불
진즉에 눈이 멀었으면 좋았을 박정임 여사를 데리고 뱀처럼
너덜겅을 떠가다가 뱀을 사 버림.

　요양병원에 당신이 있다.

　끝없이 밤이 생기는
거기에.

　* 박솔뫼, 단편 제목

꽃에 앉아 하늘과 잠시 놀다 가는
돌멩이에게 내려온 배추흰나비와

돌멩이에게 책을 읽어 주는 소녀 이야기를 써 볼까, 하고 생각했을 때 나는 갓 서른 살이었고 봄날이었습니다. 돌멩이가 돌멩이 바깥으로 나왔다고 썼을 때는 마흔 살이었고, 돌멩이에게 책을 읽어 주는 소녀는 보이지 않았습니다.

돌멩이 바깥으로 나온 소녀를 따라갔을까? 어디쯤 가서 돌멩이 바깥으로 나온 게 소녀가 아니라 돌멩이인 줄 알았을까?

나는 소녀였고 소녀를 사랑한 소년이었고 마침내 아무것도 아니었습니다. 나는 지금 슬픔에 대한 책이 아니라 아프기 좋은 날씨에 관한 이야기를 쓰는 중입니다. 돌멩이 속으로 들어가 돌멩이처럼 앉아 있습니다.

잠시 놀다 왔는데, 없는 게 없습니다.
여기 다 있습니다.

두엔데 *

나는 그녀의 몸을 말았다
아기 기저귀처럼

하는 것이 아니라 생각하는 것이다, 어떤 기도는
가슴에 모은 두 손으로
가지런해진 손가락으로 자신의 시커먼 속을 만져 보고 싶은
것이다
없던 양심이 생겨 다행이다 조금이라도
남아 있어서

책을 읽고 있는데 나는 입술이 살짝 벌어져 있는데
노래가 몸을 부르고 있는 것인지도 거짓말이 기도를 하고
있는지도

흰,
양치기 소년을 위한 양들의
밤

하나의 몸이 다른 몸을 옮겨 다닐 때의 마음이란
말보다 가난해서, 내 피로 배를 잔뜩 불린
모기 본다

사각형 공기 같은 것이다
사랑할 때의 몸은 언제나 말보다 먼저
흘러서

그녀는 막 자신이 신의 아들을 낳게 된다는
계시를 전해 들은 참이다**

무성영화처럼

   * 무용 특히 플라멩코에서 강렬한 춤을 통해 순간적으로 체험하게
되는 무아지경의 상태를 이르는 말. 몸속에 갇혀 있던 영혼이 몸 밖으로
나오는 듯한 전율의 느낌을 이른다.
   ** 존 버거, 『우리가 아는 모든 언어』

흙

이따가 널 데리러 갈 거야

그때까지 나는, 당신이 돌아오는 이야기만 할 거야

방풍나물 심고 씨암탉 몇 마리 키우면서
자면서도 전등을 죽이지 못한 것은 낮빛보다 내 안이 더 어둡고
깜깜하기 때문 사람들이 보기에는 밤에도 열심히 일을
하는 것 같았겠지만 사실은 나, 할 얘기가 좀 남아서 가만히
누워서

이불 속에서 흙 속으로 건너갈 때의 마음을 중얼중얼

너무 늦기 전에 흙을 퍼 담아야 한다는 것 무엇이든
심을 수 있는 몸을 만들어야 한다는 것 흙으로
하늘을 꿈꾼다는 것

밤이 오면 한쪽 손에 꼭 쥐고 싶은 잎사귀 때문에 또 다른 손으로
굴리는 물방울 때문이라고 해 두자 호랑지빠귀 한 마리

손금 위에 앉아 노래를 시작하듯

나는 당신이 돌아오는 이야기만 할 거야
그것이 얼마나 어려운 일인지 죽기도 전에 알아 버려서
마지막으로 쓸 시를 생각해

음악은 있어도 그만 없어도 그만, 대신
방가지똥 숨소리가 좀 있어야 할 것 같아서 네모반듯하게
누워 있으면, 제멋대로 켜졌다 꺼지는 센서등

지렁이가 온다 지렁이, 지렁이 나는
당신이 돌아오는 이야기를 이어 갈 목소리가 남아서
혼자 켜졌다 혼자 꺼지는 센서등, 그 밑을
끓어오르는 물소리처럼

내일이 오기 전에 꼭 가 보기로 해

흙으로, 흙이 되러

첫눈

책장에 꽂혀 있던 첫 시집을 꺼내 가만히 안아 주었다. 죽은
듯 살던 사람들이 하나둘씩 걸어 나왔다. 하나같이 변해
있었다. 무지 서운했다. 나는 하나도 변한 게 없는데, 첫사랑은
애가 둘씩이나 딸린 학부모가 되어 있었고 시집에 나오던 날
내리던 첫눈은 끝내 눈사람으로 살지 못했다고 투덜거렸다.
순수한 의도가 눈곱만큼도 없어 보였다. 한겨울에도 집에서는
반바지를 입고 있던 내가 어슬렁어슬렁 검은 개처럼 나온 건
저녁 무렵이었다. 때마침 시인의 말을 읽고 있던 나는 이젠 각자
집으로 돌아가야 할 때가 되었다고 말했고, 모두들 수긍한다는
듯 고개를 끄덕였다. 그러나 단 한 사람이 문제였다. 시집 속에
계속 남아 할 일이 있다는 듯 뭉그적거렸는데, 할 일이란 게 쌀을
씻어 안치고 청소기를 돌리는 일이라도 괜찮다는 듯 멋쩍은
표정으로 웃었다. 참 난감했다. 잘 아는 사람 같기도 하고 전혀
모르는 사람 같기도 하고, 나는 희멀겋게 아무 말도 하지 못한
채 그 한 사람을 따라 웃고 있었고, 밤이 왔고 그새 하나둘씩
떠나기 시작했다. 참 서러웠다. 검은 개처럼 걸어 나온 나마저
떠난 후 나는 울었다. 사려 깊게 최대한 겸손하게 나는 내가
먼저 떠났어야 한다는 걸 알았고, 계속 남아 할 일이 있다는 듯

뭉그적거리던 사람의 손과 발이 비늘을 반짝거리는 물고기처럼
집 안을 떠돌기 시작했다. 나는 한 번 더 울었다. 소리 없이,
그리고 천천히 침대를 향해 걸어가기 시작했다.

집 밖으로 나가지 못한 외로움이 먼저 하얗게
누워 있다고 생각했다.

미나리
— 치매

아기가 되어 엄마 배 속으로 들어가는
아버지가 보인다

눈을 감아야 보이는 사랑은 사람들과 별로 친하지 않고
바람이 이름을 가지려면 돌보다 단단한
심장이나 물이 필요하다

죽는다는 사실을 몰라도 될 만큼 건강한 아버지는
좋겠다, 태어났다는 사실마저 잊어버렸으니까

사랑을 가지러 갈 때는 입속 가득 물을 채우거나 돌을 넣어야
한다
그리고 머리를 캐리어를 끌지 말 것

쌀을 씻어 안친 다음 전자레인지에 돌린 밥을 꺼낸다

내가 만든 나라지만 갈 수 없는 나라가 있다
기억이 그런 나라라면, 미나리가 사는 미나리꽝의 미나리는

미래를 위한 지도, 잃어버리는 것보다 빼앗기는 게
좋다

사랑이여, 한때는 미나리꽝의 왕관이었던 사랑이여
시를 공부하는 학생이 직접 키운 거라며 준
미나리를 씻는다

뿌리기만 하면 무럭무럭 자라는 미나리처럼, 청바지가 되는
기억이 있다면 이미 수의가 된 기억도 있다

위험한 것은 보이는 것이 보이지 않는 것보다 낫다*
그는 뱀을 가지러 가는 중이다 울러 간 것이 아니다

그새 번져 있다
아버지는 미나리꽝 가득 돌이 흐르듯
물이 괴듯

* 영화, 〈미나리〉에서

침대

도마 위에는 언제나 생선보다 먼저
칼이 누워 있다.

오셨군요.
이 세상도 저세상도 아닌, 아주 멀고 깊은 곳에서

눈을 감는 순간 도마가 일어선다. 걷기 시작한다.
나는 알고 있다. 내가 꿈을 못 꾸는 이유와 아무도 내 곁에
없는 까닭을, 영혼이라는 게 있다면
더 이상 이 세상에서 구할 수 없는 여자의 눈꺼풀이거나
반바지 같은 것이라고

두 눈 부릅뜨고, 아주 잠깐을
두리번거리다 가만히 숨을 놓고 세상을 미끄러지듯 나는
누워 있다. 여기

흘러내리고 있다. 나는, 이미 사라지고 없는데
있는 척, 죽은 척, 죽었으니까 마음대로 울어도 되고

날아다녀도 된다는 듯

마지막 문장은 쓰는 게 아니라 지워야 하는 것이라고
당신과 내가 살았던 세상이 아니라 당신과 내가
태어나기 전의 세상이라고 그 세상이
여기라고

어머니, 어쩌면 나는 당신의 몸을 빌린 게 아닐지 모르고
내가 나를 낳았을지 모르고

도마 위의 생선은 칼이 떠난 다음에야
떠날 수 있다고, 나는
누워 있다.

사랑들 먼저
가시오.

비도 오시는데 갈 데가 없으시고

한 돌멩이 옆에 앉아 우는 다른 돌멩이처럼

네게 가지 못한 내 목소리 참 아프시더라도

차마 잊고 싶지만 잊히지 않는 것이 있어서

한 아이와 재미있게 노는 다른 한 아이처럼*

* 최승자, 「올 여름의 인생 공부」 중에서

마지막 편지

말 대신 쌀보다 하얗고 작은 발을 보여 주세요.

우적우적 먹어 버려야겠어요.

| 에필로그 |

발가락

나는 나에게, 너는 너에게
돌아가지 못하고 있다

주는 게 아니다. 그런 말이 있다. 그러니까
받는 것도 아닌 말, 그런 말이 있다.

문득, 이란 부사는 참 이상해서
돌돌 말아 던진 양말 속에서 꺼낸 발가락 같아서
이렇게 시작된다.

'발가락을 볼 때마다 사탕단풍나무의 표정을 짓기 시작했다.'

그러니까 다시

풍신風神과 **풍신**楓宸은 같은 말.
그 사이에 **풍신**風信이 있다.

책상 위에 올려놓은 의자가 보여 주는 네 개의 발과 창 너머 발가락을 숨기고 날아가는 돌멩이 사이엔 인간의 언어로는 설명이 불가능한 뭔가, 뭔가, 뭔가가 있다.

그것은 시도 소설도 그래서 사랑도 될 수 없는 텍스트. 그 어떤 유전자 코드에도 기록될 수 없는 그 무엇인가의, 그 무엇인가를 위한 경야經夜쯤 될까. 잠든 사람이 자신의 몸이 움직이는 것을 상상하거나 그 상상 너머 자신의 발가락이 잠의 수면 위를 걷는 이야기. 하얗고 긴 손가락들이 하는 말없음과는 차원이 다른 침묵 혹은 세상에 있지만 없는 어떤 그것의 운명이라고 말해도 될까.

여기까지가 외딴 섬이 보이는 바닷가 모텔을 찾은 어느 사내의 말. 오래된 습관처럼 양말을 빨아 널어놓고 침대에 눕는 순간 시작되는 이야기; 반듯이 누워서 나무를 본 적이 별로 없다. 사내는, 그것은 나무 또한 마찬가지일 것이라고,

문득 어색해진다. 사내는, 누워 있는 게 아니라 우두커니

서 있다는 생각을 하게 되고 그때 뚜벅뚜벅 자신을 향해
구부정하게 걸어온 사탕단풍나무가 반듯이 누워서 올려다볼
때의 표정을 상상하게 되고 이윽고 그 표정을 그려 보게 되고,

(암전)

　사내를 올려다보는 나무가 되어 가만히 누워 있던 사내는,
무릎을 감싸며 몸을 동그랗게 만다. 그리고 몸의 가장 깊은
곳을 휘돌아 나오는 발가락의 목소리를 엿듣게 된다. '말해지
기 전의 무언가로 돌아가야 한다.' 사내의 입을 흘러나오는 발
가락. 그것은 말이 되지 못한 '어떤 목소리가 부리는 또 하나의
군대(존버거, 『우리가 아는 모든 언어』, "여성은 또 하나의 군대
다"라는 문장을 변용)'라고,

　들리지 않는 사내의 목소리는 사내의 발가락에 닿아 있고,
사내가 숨 쉴 수 있는 여분의 구멍을 만들어 숨겨 놓고 있고,

(암전)

가끔씩 모자 속에서 흘러내리기도 하는 사내의 발가락은 다시 온다 해 놓고 오지 않는 누군가에게 보내는 사내의 목소리. 이때 발가락은 오직 위로만 떨어뜨릴 수 있다고, 사내가 가졌던 모든 발걸음은 침대 머리맡 가득 투명하게 쌓이고 발가락은 마침내 소리를 내기 시작한다. 피아노 건반 위를 걷듯……

그러거나 말거나 사내는 누워 있고, 설명할 수 없어서 무심하고 그래서 좋은 발가락을 늘리는 일, 고무줄처럼. 사내는 문득,

몸을 일으킨다. 시는 그런 것이 아닐까, 그런 것이다. 양말 같은 그런 것이라고 널어놓은 양말 속에 남아 있는 발가락을 꺼내는 사내,

오늘 하루쯤은 사내를 관두기로 하는 사내가 늙은 사탕단풍 나무를
연필처럼 깎기 시작한다.

'발가락을 볼 때마다 어쩔 수 없었다. 나는 사탕단풍나무의 표정을 짓기 시작했다.'

"오늘은 누군가에게 보내 드릴 나의 무엇인가를 찾는 중입니다.
어쩌면 이 무엇인가는 내게 오기 전에 당신에게 있었던 것인지도 모르겠습니다.
서둘러 발을 씻기 위해 돌돌 말아 던진 양말 속에서
발가락을 꺼내기 위해 너무 오래
기다려야 했습니다."

마지막에 누군가와 함께하고 싶어 하는 것, 그것은
서로의 발가락을 잘라 주는 일이라고 사내는 생각하는 중입니다.

끝난 이야기를 다시
문득,

마음의 유배지로 잠적하기

이경수(문학평론가, 중앙대 교수)

마음의 유배지로 잠적하기

1

가난하고 외롭고 슬프고 그래서 아무것도 되고 싶지 않은 시의 주체. 김륭 시인의 이번 시집을 읽으며 처음 든 생각이었다. 시집 한 권에 걸쳐서 내내 아무것도 하지 않으려는 무기력한 우울의 정서가 느껴졌는데 그 또한 외로움과 슬픔의 바닥을 체험한 시인의 정서가 아니었을까 싶다. 우울의 정서와 슬픈 마음이 전염될 것 같은 시로 가득한, 이토록 울고 싶어 하는 시집을 읽으며 첫 독자는 어떤 자세를 취할 수 있을까 생각해 본다. 함께 울어 주는 일과 울음을 바라보는 일에 대해서.

저 슬픔은 어디서 온 것일까. 누적된 상실의 체험이 슬픔을 지나 수동적인 무기력의 상태를 불러온 것이겠다. 연애의 실패와 요양병원에 있는 어머니를 향한 마음. 상실했거나 곧 상실할 거라는 불안감이 헤어날 수 없는 슬픔에 시인을 가두고 있다. "위리안치(圍籬安置)"(「옛날 영화」)라는 말처럼 김륭의 시는 마음을 유배 보내고 그 둘레에 가시 돋친 탱자나무를 두르고 있다. 가시는 바깥을 향해서도 나 있지만 달아나지 못하게 안을 향해서도 나 있어서 저 유배지 안에 갇힌 마음이 가장 깊이 찔리고 상처 입는다. 김륭의 시는 자신의 마음을 상처 내기 위해 도사리고 있는 시처럼 읽힌다.

한없이 가라앉아 스스로를 침몰시켜 버릴 것 같은 마음이 김륭의 이번 시집에서는 감지된다. 마치 뤽 베송의 영화 〈그랑블루〉에서 가장 인상적인 한 장면, 방 안 침대에 누워 있는 자크 위로 바닷물이 차오르고 자크가 출렁이는 바다의 수면 위로 손을 뻗는 장면이 생각났다. 그가 보는 환영이자 무의식의 형상화로 보이는 바로 그 장면처럼, 이 시집을 읽는 독자들도 한없이 침잠하는 우울의 항해를 경험할 수 있을 것이다. 김륭의 시가 갇힌 자의 언어를 보여 주는 것도 그 때문이 아닐까. "버려지고 싶은데/ 버려 줄 사람이/ 없"(「사물화」)고 "개를 데리고 산책하던 사람이 새가 되어 날아가는 장면을 무심한 얼굴로 바라보기도 하면서 나는 이곳에서 혼자 살다 혼자 죽게 될 것"(「새」)이라고 예감하는 시의 주체가 김륭의 시에는 산다. 그것은 "훔쳐 갈 건 나밖에 없는"(「사탕수수쥐」) 무소유의 주체이기도 하다.

2

자고 일어나니 벌레가 되어 버린 자신과 마주해야 했던 그 레고르 잠자의 이야기는 사실상 적잖은 현대인이 느끼는 불 안감에 대한 알레고리일 것이다. 자신이 거대한 사회의 부 속품처럼 느껴지거나 너무 하찮게 여겨져 모멸감을 느껴 본 사람이라면 스스로가 벌레 같다는, 혹은 벌레만도 못하다는 자괴감에 한 번쯤은 빠져 보았을 것이다. 자신의 한계를 인 정하고 연민을 느끼고 그러다 못난 자신의 모습까지도 받아 들이고 아끼게 되면서 자기 부정의 감정이 자기 긍정으로 전화되면 좋은 일이겠으나 모두에게 그런 일이 일어나지는 않을 것이다. 자기 모멸감과 자기 부정의 감정에 깊이 빠질 수록 빠져나오기 힘들어지고 그러다 자폐적인 세계에 갇혀 스스로를 유폐해 버릴 수도 있을 것이다. 김륭의 시에 벌레 의 상상력이 자주 등장하는 까닭도 이런 자기 모멸의 감정 과 관련된다.

벌레가 벌레에게 : 우리 또 떠나야 해?

남들이 집을 보러 다닐 때 나는
두 손으로 무릎을 감싸 안고 조용히 집을 불렀다.
신문지를 깔고 앉아 톡톡 발톱 깎는 장면을 보여 주었는데

벌레다, 하고 집 안에서 수군대는 소리를
들은 것도 같다. 집을 강에 던져 버리고 싶었지만 애써
참았다. 집이 스스로 몸을 던질 때까지
기다리는 것이 벌레로서 가질 수 있는 최소한의 예의라고
생각했다. 나는 게으르고, 가난했고, 정신이
여치와 노래를 부를 만큼 야위었는데 남의 집 창문을
책장처럼 뜯어 먹고 살아서 그럴 것이다.
살아가는 냄새보다 죽어 가는 냄새에 더 가까워진
나는 없던 집이 갑자기 나타나 까맣게
잊고 살던 애인을 무당벌레처럼 보여 줄까 봐
더럭 겁이 났다. 집에 혼자 남겨져 전화번호를 뒤적거리는
일보다 가난한 일은 없었다. 종이식탁 위에
막 끓인 라면 냄비를 올려놓고도 달걀처럼 굴러온
무덤이 보였다. 나는 도망가는 내 이름을 붙잡아 문패로
달아 주었다. 집은 떠내려가거나 부서지기 쉬운
얼굴을 가지고 있어서 나는 가만히 젓가락을 내려놓고
배가 고프거나 아파야 했다.
집은 얼굴 없는 물이 만들어 낸 이야기일 뿐이라고
생각하면서 집이 스스로 몸을 던질 때까지
물끄러미 창밖을 내다보며 볼펜을 입에 물었다.
나는 집이 더 이상 나를 찾을 수 없는 곳을 찾아
막 돌아다니는 한 마리 벌레라고

썼다. 끝은 언제나 밤이었다. 마른 물고기처럼
내가 시작된 곳이었다. 사랑은 오늘도
집에 없었다. 나는, 나도 모르게
또 떠나야 했다.

- 「콧노래」 전문

자신의 기원과 운명에 대해 말하는 시이다. 왜 집을 두고
"집이 더 이상 나를 찾을 수 없는 곳을 찾아/ 막 돌아다니는 한
마리 벌레"처럼 살았는지, 어쩌다 그렇게 되었는지 지난 시간
과 현재의 자신을 돌아보며 "또 떠나야" 하는 운명에 대해 고
백하는 시로 읽을 수 있다. 슬픈 이야기 같지만 '콧노래'라는
제목을 생각하면 마냥 슬프기만 한 이야기는 아니다. 슬프고
괴로운 시간이 시의 주체에게 있었고 지금도 그렇겠지만 그
래도 콧노래를 부르듯 그런 자신에 대해서, 자신이 지나온 시
간에 대해서 말할 수 있는 정도의 여유가 시의 주체에겐 생긴
것처럼 보인다.

"남들이 집을 보러 다닐 때 나는/ 두 손으로 무릎을 감싸 안
고 조용히 집을 불렀다." 남들과는 다른 방식으로 집이나 바
깥이 아닌 자신을 들여다보며 살았다. 이런 삶의 방식 때문에
자신을 벌레처럼 보며 "집 안에서 수군대는 소리"를 들으면
서도 "게으르고, 가난"한 삶의 방식을 바꿀 수 없었다. 이따금
"집을 강에 던져 버리고 싶었지만 애써/ 참았다." 무소유의 삶

에는 적극적 대처보다는 "집이 스스로 몸을 던질 때까지/ 기다리는" 자세가 훨씬 잘 어울린다는 걸 시의 주체도 알고 있었을 것이다. 게으르고 가난하고 "정신이/ 여치와 노래를 부를 만큼" 야윈 시의 주체는 "살아가는 냄새보다 죽어 가는 냄새에 더 가까워"졌다. 그런 시의 주체도 때론 누군가가 그리워 "집에 혼자 남겨져 전화번호를 뒤적거"려 보기도 하지만 그건 스스로의 가난을 다시 상기하는 일이자 비참한 일이었을 것이다. 그러므로 "나는 도망가는 내 이름을 붙잡아 문패로/ 달아 주"며 "집이 스스로 몸을 던질 때까지/ 물끄러미 창밖을 내다보며 볼펜을 입에 물"고 시를 쓴다. "나는 집이 더 이상 나를 찾을 수 없는 곳을 찾아/ 막 돌아다니는 한 마리 벌레"이다. 방황을 숙명처럼 타고난 시의 주체는 "내가 시작된 곳"에서 "사랑은 오늘도/ 집에 없"음을 재차 확인한다. 그리고 "또 떠나야" 하는 숙명을 콧노래를 부르며 받아들인다.

나는 집이
없다 괜찮다, 없는 것도 있어야지
나를 슬금슬금 피하던 집은 갈수록 멀어진다

(중략)

나는 왕릉을 릉, 릉, 릉, 밀고 다니는 사람

쇠똥을 굴리는 말똥구리처럼 집 없는 설움이란 말을 굴리면
지구보다 둥글고 큰 집이 나오고 한심해 죽겠다는 듯
나를 구경하는 벌레들이 보인다

아빠, 아빠 그 나이에 집도 없이 뭐 했어?

끝까지 들키면 안 된다 하나뿐인 딸아이마저
벌레가 될 테니까 죽은 듯 누워 있던 엄마가 그래야지, 하고
또 끓는다

코로나19로 출입이 통제된 요양병원, 당신은 나를
마치 지구상에 마지막 남은 생명체인 양
바라보고 있었는데

문득

이젠 정말 사람을 돌려주어야 할 때가 되었다는
생각이 들었던 것이다 다시는 당신이 돌아올 수 없는 집
벌레가 아니면 들어갈 수 없는 집, 없어서 참 좋은
집이 바람에 날아가지 않도록

나는

한 사람을 또 한 사람으로 꾹
눌러놓았다

- 「월간 벌레」 부분

'월간 윤종신'을 패러디해 '월간 벌레'를 쓴다. 자신의 이름을
내걸고 자신과의 음악적 약속을 지키며 정기적인 음악 작업을
해 온 한 뮤지션의 작업을 패러디한 시의 제목이 '월간 벌레'이
다. 이름 대신 시인이 내건 것은 '벌레'다. 자신을 벌레에 빗댄
것이다. "이젠 정말 사람을 돌려주어야 할 때가 되었다는/ 생
각"을 하며 벌레로서의 자신의 정체성에 대해서 노래한다.

　남들처럼 경쟁을 부추기는 '피로 사회'에 뛰어들어 부속품
처럼 살지 않았기 때문에, 물려받은 것이 없기도 했지만 게으
르고 가난한 삶을 추구하며 살았기 때문에 "나는 집이/ 없다".
그러나 그것이 시의 주체에게 엄청난 결핍이나 상처가 되지
는 않았다. "괜찮다, 없는 것도 있어야지" 하는 태도로 "나를
슬금슬금 피하던 집"과 "갈수록 멀어"지는 삶을 살아왔다. 대
신 "나는 왕릉을 릉, 릉, 릉, 밀고 다니는 사람"으로 살고자 했
다. "쇠똥을 굴리는 말똥구리처럼 집 없는 설움이란 말을 굴
리면/ 지구보다 둥글고 큰 집이 나"온다는 깨달음을 얻으며
세상의 속도와 가치관과는 다른 속도와 가치관으로 자족하며
살아왔다. 자연을 집으로 여기는 무소유의 태도이다. 물론 "한
심해 죽겠다는 듯/ 나를 구경하는 벌레들이" 보이지 않았던

것은 아니다. 이따금 "아빠, 아빠 그 나이에 집도 없이 뭐 했어?"라는 딸아이의 질문과 맞닥뜨리기도 해야 했고 "죽은 듯 누워 있"는 "엄마"가 눈에 밟히기도 했다. 그러나 어쩌란 말인가. 어쩔 수 없는 것은 어쩔 수 없는 일임을. "코로나19로 출입이 통제된 요양병원"에서 "나를/ 마치 지구상에 마지막 남은 생명체인 양/ 바라보"는 '엄마'의 시선을 느끼던 시의 주체에게는 "이젠 정말 사람을 돌려주어야 할 때가 되었다는/ 생각이" 든다. "다시는 당신이 돌아올 수 없는 집"이 되어 버렸으니, 이제 "벌레가 아니면 들어갈 수 없는 집"이 되었을 테니 "없어서 참 좋은/ 집이 바람에 날아가지 않도록" "나는/ 한 사람을 또 한 사람으로 꾹/ 눌러놓"고 '벌레-되기'를 실천하려고 한다.

인도 벵골에서 아프리카 원주민까지
지구에 사는 모든 사람들이 다 그의 곁에 있는데
단 한 사람이 없다

그는 참 착하고 좀 모자라고 그래서 남은 게 별로 없는
침대에 누워 있으면 눈사람이 찾아와 울어 줄 만큼
뜨거운 사람이고 그래서 늘 외로운 사람이다

나는 어젯밤 그가 아무도 읽지 않는 시가 될까 봐

그의 발가락을 잘라 베란다에 앉아 있는
인도고무나무 밑에 심었다

그는 이제 이 세상에서는 구할 수 없는
사람이다 더 이상 내가
아니다

- 「관상용 발가락」 전문

  김륭의 이번 시집은 떠나간 애인들에 대한 기억과 요양병
원에 있는 어머니에 대해서 주로 말하는 것처럼 보이지만 그
에 못지않게 시인으로서의 자신에 대해 말하고 있기도 하다.
시를 쓰는 자신에 대해 말할 때 특히 그는 '발가락'에 주목한
다. 손가락으로 쓰는 시 대신 그가 내세우는 발가락은 "무릎
을 감싸며 몸을 동그랗게" 만 그의 "몸의 가장 깊은 곳을 휘돌
아 나오는 발가락의 목소리"(「발가락」)이다. "들리지 않는 사
내의 목소리"(「발가락」)가 닿아 있는 곳이기도 하다. "마지막
에 누군가와 함께하고 싶어 하는 것, 그것은/ 서로의 발가락을
잘라 주는 일"(「발가락」)이라는 시인의 전언을 염두에 둘 때
발가락은 김륭의 시가 솟아나는 원천 같은 것이 아닐까 싶다.
  시의 주체가 외로운 까닭은 "지구에 사는 모든 사람들이 다
그의 곁에 있는데/ 단 한 사람이 없"기 때문이다. "그는 참 착
하고 좀 모자라고 그래서 남은 게 별로 없는" "뜨거운 사람이

고 그래서 늘 외로운 사람이다". 자기 연민이 읽히기도 하지만 애써 '그'라고 지칭해 자신을 대상화함으로써 거리를 두려는 태도를 보인다. 시의 주체가 두려운 이유는 "그가 아무도 읽지 않는 시가 될까" 봐서이다. "그의 발가락을 잘라 베란다에 앉아 있는/ 인도고무나무 밑에 심"는 행위는 생명력이 질긴 인도고무나무처럼 그의 시도 오래 살아남기를 바라는 마음 같은 것이겠다. 마지막에 누군가와 함께하고 싶어 하는 마음을 담아 그의 발가락을 잘라 심었으니 "그는 이제 이 세상에서는 구할 수 없는/ 사람"이 되었다. "더 이상" 지금까지의 "내가/ 아니"라고 말하고 싶었는지도 모른다.

3

　벌레로 자신의 정체성을 되돌아본 그가 궁극에 이르는 자리는 '아이'이다. "내가 내 안에 파놓은/ 무덤을 오가듯" "나는 아이가 된다"(「흑백 무덤」). 오랜 시간 요양병원에 누워 있는 어머니를 지켜보며 김륭 시의 주체는 "기억이 몸을 앞질러 가서" "흑백으로 웃는다.(「흑백 무덤」)" 요양병원에 속수무책 누워 있는 어머니는 시의 주체에게 죄책감을 불러오고 아무것도 할 수 없는 자신을 마주하던 주체는 마침내 어린아이로 돌아간다. 그는 시와 동시를 동시에 쓰는 시인인데 이번 시집에 이르러 두 장르의 특성은 조화롭게 만난다.

비단잉어에게 비단을 빌려
당신에게 간다 바람이 불고 있다 그러나
바람은 글을 쓸 수 없어서 못다 한
인생에 피와 살을 더할 수 없고
당신은 누워 있다 요양병원 침상에 누워만 있다
떠날 수 있게 하려면 물에 젖지 않는
종이가 필요하다 나는 지금
죽어서도 뛰게 할 당신의 심장을
고민하고 있고, 당신은 아주 잠깐 동안이지만
반짝인다 비단잉어에게 빌린
비단을 들고 서 있는 나를 쳐다보고 있다
허공에 고양이 수염을 붙여 주러 온
미친 비행기인 양,
내가 낳았지만 더 이상은
어쩔 수 없다는 듯

걱정 마, 엄마는
지금 엄마 배 속에
있으니까

– 「비단잉어」 전문

요양병원 침상에 누워만 있는 어머니. 그런 어머니가 시 주체의 슬픔의 근원이 된다. 어머니가 겪는 고통 앞에서 시의 주체가 할 수 있는 일은 아무것도 없다. 함께 말할 수도 누워 있을 수도 심지어 자주 볼 수도 없다. 코로나19는 환자의 삶을 더욱 피폐하게 만들었다. 아픔도 슬픔도 함께 나누며 견뎌 왔던 우리네 삶을 생각하면 아무것도 하지 못하는 것은 물론 자주 만나지도 이야기를 나누지도 못하고 홀로 견디는 시간은 환자에게나 환자의 가족에게나 지옥 같은 시간이 아닐 수 없다.

　시의 주체는 관상용으로 기르는 "비단잉어에게 비단을 빌려/ 당신에게 간다". "요양병원 침상에 누워만 있"는 당신이 편안하게 "떠날 수 있게 하려면 물에 젖지 않는/ 종이"와 당신에게 그럴싸해 보이는 "비단"이 필요했을 것이다. "당신은 아주 잠깐 동안이지만/ 반짝인다". "비단잉어에게 빌린/ 비단을 들고 서 있는 나를 쳐다보"았기 때문이겠다. "내가 낳았지만 더 이상은/ 어쩔 수 없다는 듯" 행운의 상징인 "고양이 수염"을 허공에 붙여 주러 온 "미친 비행기인 양" 당신은 '나'를 바라본다. 잠시지만 '나'와 어머니가 서로 눈 맞추며 반짝이는 순간이다. 시의 주체는 말한다. "걱정 마, 엄마는/ 지금 엄마 배 속에/ 있으니까". 근원으로 돌아가는 시간이라는 암시 같은 것일까. 어쨌든 '나'의 위로가 어머니에게 전달되었을 것 같다. '박정임 한정판'으로 쓰인 위로이니까.

길게 죽었다가
아주 잠깐 살아서 좋겠다

작은 화분 속에 묻어 둔
마음이 피지 않아 우두커니
베란다에 서서

두꺼비처럼
두 눈 껌뻑거려 보는
저녁

몸이 하고 싶은 말을
꿈은 알고 있지만 큰 소리로
떠들진 않는다

당신을 업었다

미쳤다는 사실을
들킬까 봐 몰래 지나가는
비행기

「꽃과 두꺼비」 전문

"작은 화분 속에 묻어 둔/ 마음이 피지 않아 우두커니/ 베란다에 서서" 꽃이 아직 피지 않은 화분을 바라보며 시의 주체는 생각한다. "길게 죽었다가/ 아주 잠깐 살아서 좋겠다"고. 아주 잠깐 아름답게 피어올라 화양연화를 누리고 바로 져서 오랜 기간 죽어 있는 꽃을 생각하며 시의 주체는 그런 삶을 잠시나마 부러워한다. 그 마음으로 인해 오래 살아도 산 것 같지 않은, 죽음에 가까운 삶을 살고 있는 주체의 모습이 다시 연상된다. 아직 피지 않은 꽃을 바라보며 시의 주체는 두꺼비가 된다. "두꺼비처럼/ 두 눈 껌뻑거려 보는/ 저녁" 피지 않은 꽃처럼 시의 주체는 "몸이 하고 싶은 말을/ 꿈은 알고 있지만 큰 소리로/ 떠들진 않는다". 당신을 업은 것은 과거의 기억이거나 꿈의 한 장면일 수도 있겠다. 어머니와의 대면에서 '미친 비행기'가 종종 등장하는 것은 개인적 상징 같은 것이 아닐까 싶다. 아이로 돌아간 주체가 어머니와의 어릴 적 추억을 떠올릴 때 자연스럽게 소환되는 '비행기'. "미쳤다는 사실을/ 들킬까 봐 몰래 지나가는/ 비행기"로 인해 주체의 꿈의 장면은 완성된다.

요양병원에 누워 계신 어머니 두 뺨에도
스르르 나타나기도 하는 구멍에 눈이 멀고
귀가 먼 나는, 그런 내게 다시는 돌아오지 않을
당신 또한 옛날 영화 속으로 돌아가서는
오래된 미래가 됩니다 다시

기다려야 됩니다

아주 잠깐 자고 일어났더니
나이가 아홉 살이다
내 몸인데 틀림없는데 내가 아니라 또 다른 사람이
살고 있다

세상에, 세상에는 나보다 더 재미있는 것도
나보다 더 재미없는 것도
없다, 나는

물을 가지고 노는 돌멩이처럼
기다린다 죽은 듯 가만히 앉아서
날개가 돋아나기를
— 「당신 또한 천사들의 장난감을 가졌지」 부분

시의 주체는 너무 많이 울어서 "몸에 없던 구멍이 생겼다". "아직 그 누구도 찾지 못한/ 구멍"이지만 "요양병원에 누워 계신 어머니 두 뺨에도/ 스르르 나타나기도 하는 구멍에" '나'는 "눈이 멀고/ 귀가 먼"다. "내게 다시는 돌아오지 않을/ 당신"은 "옛날 영화 속으로 돌아가서는/ 오래된 미래가" 된다. 〝다시/ 기다려야〞 하는 기나긴 시간이 주체 앞에 가로놓여 있다. 예전 모습으로는 더 이상 눈앞에 있지 않은 어머니를 마주하며 주체는 "아홉 살" 아이가 된다. "아주 잠깐 자고 일어났더니" "내 몸인데 틀림없는데 내가 아니라 또 다른 사람이/ 살고 있"는 것이다. 세상에는 아무런 기대도 희망도 갖고 있지 않은 주체는 "물을 가지고 노는 돌멩이처럼" "죽은 듯 가만히 앉아서/ 날개가 돋아나기를" 기다린다. 그의 꿈에 비행기가 종종 등장하는 것도 그 때문일까.

엄마, 미안해
펴지지 않아 찢어질 수도 없는 우산처럼
나는, 나를 떠날 수도 없나 봐
그래서 그래 누워만 있는 당신 앞에 주룩 서 있으면
미안해 비도 나이를 먹나 봐
자꾸

아파

또 혼자서 고장이 나
요양병원에 누워 있는 당신 말처럼 나 또한
잘못한 일이 별로 없는데…… 그래서
그래

엄마, 우리 잠을 버리자

나는 죽지 않는 사람이 되고 당신은 살지 않는

사람이 되어 비가 지나듯 그렇게

자주 아프자

팔짱 낄래요?

- 「gone-박정임 한정판」 부분

　김륭의 시는 종종 엄마에게 말 건네는 죄 많은 자식의 언어
이자 아이의 언어가 된다. "잘못한 일도 별로 없는데 자주 아
프다는 말"은 비에게 들은 엄마의 말이자 주체 자신의 말이기
도 하다. "또 혼자서/ 고장이 나 버린" '나'는 엄마를 향해 고백
의 말을 쏟아놓는다. 죄책감에서 비어져 나오는 자책의 말이
자 후회의 말이다. "펴지지 않아 찢어질 수도 없는 우산처럼/
나는, 나를 떠날 수도 없"다는 고백의 말. 아무리 미안한 마음
이 들어도 어쩔 수 없는 것은 어찌할 도리가 없지만 "나 또한/
잘못한 일이 별로 없는데"도 죄책감에 "혼자서/ 고장이 나 버
린"다. 엄마에게 건네는 제안이 마음 아프다. "엄마, 우리 잠을
버리자/ 나는 죽지 않는 사람이 되고 당신은 살지 않는/ 사람
이 되어 비가 지나듯 그렇게/ 자주 아프자". '박정임 한정판'의
고백의 말은 너무 아프다.

4

한 권의 시집을 가득 채우고 있는 것은 요양병원에 누워 있는 어머니를 향한 절절한 마음이다. 아픈 어머니에게 바치는 애도의 노래로 한 권의 시집을 구성한 셈이다. '시인의 말'에 나오는 "식물 합시다"라는 말이 이 시집을 통해 김륭 시인이 하고 싶었던 말을 대표한다고 볼 수 있다. 식물처럼 누워 있던 엄마와 세계를 공유하는 방법은 스스로 식물이 되는 것밖에 없을지도 모른다. 다만 시인은 식물이 되자고 말하는 대신 "식물 합시다"라고 말한다. 더 강한 주체의 의지가 느껴지는 말인데 '식물'과 '합시다'가 함께 쓰이면서 시적 역설을 불러온다.

가끔씩 식물인간처럼 누워 있다.

지루해지면 인간을 떼어 내 키우며 놀았다. 깔깔 웃고 떠들며,
좀 시끄럽겠지만 물을 자주 나눠 마시면서
지지고 볶으며 인간적인 교분을 쌓으며 살다 보면
바깥공기와 어울리는 상식과 교양을
갖추게 된다. 된장국에 삼겹살 굽고 깻잎 씻어
식탁을 차리는 것은 스스로 학대하거나 자진自盡하지 않았다는
서로의 진술서가 필요하기 때문. 떼어 낸 인간 앞에서는
죽었음 죽었지 울진 말 것. 이별 앞에서는 동물이든 식물이든

아프다는 것을 동선動線이 겹치는 그림자 가득
받아 적어야 하지만 대부분의 사랑은 이별 근처에서
터무니없이 부족해진다.
떼어 낸 인간을 다시 붙일 곳을 찾기 시작한다. 그럴 곳이
지상에는 없는 줄 알 즈음 시詩가 된다.
그런 날은 비[雨]도 된다.
식물과 인간은 완전히 다른 꿈을 꾸는 것 같지만
연애지상주의자 입장에서 보면 서로 닮아
진지한 구석이 있다. 식물도
부르면 온다.

식물에서 떼어 낸 인간을 버리고
그냥 식물만 할까, 하고
앉아 있다.

                              – 「당신 이야기잖아요 모르시겠어요?」 전문

　김륭의 이번 시집에는 '식물–되기'의 상상력이 두드러진다.
인간과 다른 식물의 특성은 언어와 움직임이 상대적으로 잘
포착되지 않는다는 점이 아닐까 싶다. 식물 역시 하나의 생명
이라 햇빛과 물과 공기와 온도라는 조건이 잘 갖춰져 있지 않
으면 키우기가 쉽지 않다. 자연이 일부로 자라는 식물은 좀 낫
겠지만 집 안에서 키우는 식물이라면 예민하게 생장의 조건

을 맞춰 줘야 한다. 스스로 움직이지 못하니 위치도 옮겨 주고 어디가 안 좋아도 말을 할 수 없으니 잎의 상태를 항상 예민하게 살피면서 말이다. '식물인간'이라는 비유는 인간의 관점에서 바라본 식물의 속성에서 유래한 것이라고 볼 수 있는데 김륭의 시에서는 요양병원에 꼼짝없이 누워 있는 어머니의 모습과 겹쳐진다.

살다가 지칠 때면 "가끔씩 식물인간처럼 누워 있"는 경우가 생기기도 한다. 이유는 제각각 다르겠지만 아무런 의욕이 생기지 않을 때이겠다. 김륭의 시에서는 종종 실연의 경험이 이유가 되었던 것 같다. 그렇게 누워서 지내는 시간이 길어져 "지루해지면 인간을 떼어 내 키우며 놀았다"고 시의 주체는 고백한다. "된장국에 삼겹살 굽고 깻잎 씻어/ 식탁을 차리는 것은 스스로 학대하거나 자진自盡하지 않았다는/ 서로의 진술서가 필요하기 때문"이라는 말처럼 일종의 생존 신고로 일상의 행위를 하지만, 시의 주체는 식물의 본성과 본질적으로 다르지 않은 인간인 것처럼 보인다. 처음부터 그랬다기보다는 "이별 근처에서/ 터무니없이 부족해"지는 사랑의 경험이 쌓이면서 그렇게 된 듯도 하다.

"떼어 낸 인간을 다시 붙일 곳을 찾기 시작"하다가 "그럴 곳이/ 지상에는 없는 줄 알 즈음 시詩가 된다."고 시의 주체는 말한다. "식물과 인간은 완전히 다른 꿈을 꾸는 것 같지만/ 연애지상주의자 입장에서 보면 서로 닮"은 것처럼 김륭의 경우에는 시와 비[雨]도 서로 닮았다. 그의 시에서는 시도 울고 비도 운다. 이 시는 한바탕 상실과 실연의 체험을 하고 난 후의 고백처럼 읽히기도 한다. "당신 이야기잖아요 모르시겠어요?"라고 말할 때 실연의 상처를 가지고 있는 독자들이라면 공감할지도 모른다. "식물에서 떼어 낸 인간을 버리고/ 그냥 식물만 할까, 하고/ 앉아 있"는 마음도 다르지 않을 것이다. 소중한 대상을 상실한 이가 겪는 아픔과 슬픔으로 가득한 이 시집에서는 지치고 무기력한 마음이 식물이 되려는 마음으로 나타난다.

복권 긁을 힘만 있으면 그럽시다
아무도 우리가 죽었다고 말하지 않을 거야

치약을 꾸~욱 눌러 짠다

아침에 눈을 뜨자마자 하는 일 지그시 눈 다시 감고
사람이 사람을 견디지 못해 벌이는 제례, 침대 밑으로 떨어진 베개는
사람에게 목이 베인 사랑의 화병쯤으로
하얀 변기 위에 올려놓고

엄마, 이제 그만 가요 집에 가요

양치를 하다가 하필이면 양치를 하는데
마침내 어머니의 치매가 시작되었다고 요양병원 주치의가 말
했고
베란다에 놓인 화분 속 다육이가 조금 흔들렸고 나는
가만히 입을 헹구고

고사리 대사리 껑자 나무대사리 껑자
매일 아침 화장실 거울 앞에서 하는 일이란 앞을 지우고
뒤를 잊는 일

식물 하자, 엄마, 겨울엔 죽었다가 봄 오면 다시 피자

엄마 허리를 꾸~욱 눌러 짠다

식물들은 기억력이 좋다는 이야기를 들은 탓인지
신발 사러 가는데 꽃이 자꾸 따라온다
엄마, 놀랬잖아

우리는 손을 잡고 서로를 떠나기 시작했다

닭이라도 몇 마리 키우면서
식물 합니다. 그냥 식물
합시다.

– 「식물 합시다」 전문

아침에 "양치를 하는데" 요양병원에서 "마침내 어머니의 치매가 시작되었다고" 연락이 온 경험에서 비롯된 시이다. 요양병원 주치의의 말을 처음 들었을 때 "베란다에 놓인 화분 속 다육이가 조금 흔들렸고 나는/ 가만히 입을 헹구고" 엄마를 데리고 올 때가 되었음을 생각한다. "엄마, 이제 그만 가요 집에 가요"라는 마음으로 "식물 하자, 엄마, 겨울엔 죽었다가 봄 오면 다시 피자"고 제안한다. 식물을 한다는 것은 사실은 생에 대한 갈망 같은 것이다. 주체의 어머니는 이미 식물과 같은 상태인데 '식물 하자'고 제안함으로써 "겨울엔 죽었다가 봄 오면 다시 피"는 꽃처럼 봄이 오면 다시 살아나자는 의미를 담고 있는 것이다. 강강술래 고사리 꺾기의 한 대목이 인용된 까닭도 다르지 않아 보인다. 꺾었다가 바로 이어 붙여 주는 놀이의 방식처럼 죽었다가도 다시 살아나는 기적이 일어나기를 바라는 것이겠다. "식물 하자"는 엄마에게 건네는 최선의 위로의 말일 것이다. 식물 하기로 하고 나니 비로소 "우리는 손을 잡고 서로를 떠나기 시작했다". "당신과 집에 들어가면 화를 낼 것 같은 밤을 위해/ 작은 화분 하나를" 산 주체는 "이제 울기만 하면 된다.// 녹슨 자전거처럼."(「식물 합니다」)이라고 말하며 이별을 위한 마음의 준비를 마친다. 그러나 식물을 하고 싶어 하는 마음은 어머니의 회생을 바라는 마음임을 숨길 수는 없다.

시와 동시를 함께 쓰며 서정적인 시세계를 지속적으로 펼

쳐 온 김륭은 사랑과 이별이라는 전통적인 주제를 종종 다뤄 왔다. 이번 시집에서는 어머니에게 바치는 애도의 노래로 한 권의 시집을 온전히 채웠다. 요양병원에 갇혀 죽음 같은 삶을 연명하고 있는 어머니의 고통이 시의 주체의 슬픔과 우울의 근원을 형성한다. '식물 하자'고 천진난만하게 말을 건네도 드리워진 우울을 감출 수는 없다.

기분 좋게 출발하는 중이야

안녕, 이란 말 대신 휘파람
단 한 번도 누군가를 기다려 본 적 없는 바람 불어오고
그 바람도 모르는 사람이 나타나 보여 주는
모란앵무 데리고

못다 부른 노래마저 들킬까 봐 숨어서
다시 공부하고 직장을 구하고 결혼도 하고
딸 하나쯤 낳고 살다가, 깜빡
죽는 것도 잊어버릴
곳

미안해, 더 이상 찾지 마

나, 지금 당신 안이야

– 「잠적」 전문

그리하여 김륭 시의 주체는 잠적을 선택한다. 이 아픔은 누구와 나누기도 어렵고 소통하기도 힘듦을 잘 알고 있기 때문일지도 모르겠다. 마음을 유배 보내고 탱자나무 가시로 두른 마음의 유배지로 깊이 잠적해 버린다. "기분 좋게 출발하는 중"이라고 "안녕, 이란 말 대신 휘파람" 불며 "단 한 번도 누군가를 기다려 본 적 없는 바람 불어오고/ 그 바람도 모르는 사람이 나타나 보여 주는/ 모란앵무 데리고" "못다 부른 노래마저 들킬까 봐 숨어서" 잠적을 감행한다. 다시 새로운 인생을 시작하겠다는 마음으로, "깜빡/ 죽는 것도 잊어버릴 곳"으로. "더 이상 찾지" 말라고 말하지만 시의 주체가 꿈꾸는 것은 "당신 안"으로의 잠적이다. 김륭 시의 주체가 사랑하고 그리워하고 애도하는 대상이 '당신'의 자리에 모두 올 수 있을 것이다. 가난하고 외롭고 슬펐던 그리하여 가둬 두고 싶었던 마음도. 마지막으로 '당신'을 시로 고쳐 읽어 본다.